詩集　風は君に属するか

銀色夏生

角川文庫　16403

詩集　風は君に属するか　目次

詩集　風は君に属するか
銀色夏生

建物の朝焼け

その建物は小さく　森の手前にあって静寂につつまれている
朝陽は東の空からまっすぐにその建物を染める
染められた建物は鳥に似ている
翼をたたんだ鳥　首を折り曲げた鳥に

沼

建物から歩いて数分のところに沼がある。
沼は透き通らない緑色で、まわりを木立ちが囲んでいる。

ルーフバルコニー

その建物の3階屋上は思いがけず広いルーフバルコニーになっていて土が敷き詰められ庭ができていた。

築山《つきやま》もあり、芝生や草が茂っている。

端っこには部屋があり、そこは道とつながっていた。その部屋は3階建ての建物と同じ高さの道路に接していたから、その道からも自由に出入りできた。

ルーフバルコニーの庭でかけっこができる。

庭の中央にはなにもなく、まあるく走り回れる。

私は何回も何回もくるくると回った。

回るたびに世界はスローモーションでほどかれて、後ろ側でもつれて混ざり合った。

石

その沼に石を投げると、ポチャン、というくぐもった音がして、やがて静かに底へ沈む。その石から見える景色を想像する。明るい緑色の世界。それから深い緑色、暗い緑色……そして真っ暗。それともぼんやりとした薄い光が見えるのだろうか。どれくらい深いのだろう?

蒼《あお》い空

蒼い空。まだなにもわからない。出会いもない。いつか出会いがあるのだろうか。蒼い空のむこう。まだなにも始まらない。出会いもない。待つだけの私。待つだけの今。見えるものはただ、広がる空。蒼い空。

階段

階段は建物の西側についている。
行ったり来たりして、北の原っぱと南の小川を私はいつも見ていた。
北の原っぱは、荒涼として薄紫色の花が咲き、いつも強い風が吹いていた。
南の小川は木がおい茂り蝶《ちょう》が飛び、夏の日に石段に腰かけて傍らの木の実をちぎって
はポケットに入れた。ポケットにはきれいな紫色の染《し》みが花のような形で広がった。

小さな深い青

夢の中の湖
夢でいつも見る湖
おだやかで静かな

そこにボートを漕《こ》ぎだして
朝もやの中を進む

森の中の湖
日が射せば
小さな深い青
エメラルドのような
小さな深い青

沼のほとり

沼のほとりに彼がいた。
彼は私を見たけど、何も言わない。
私も彼を見たけど、何も言わない。
気にしてないふりをして、しばらくじっと水面《みなも》を見てから、そこを離れた。
どうしたらよかったの？
私、なんにもできなかった。
近づくことも、挨拶《あいさつ》も、逃げることも。
ただ固まったようになってた。
落ち着かなくて嫌な気持ち。今もまだ。

細い月の足取り

月が細くでて
それが夜の空にひっかかってる
先が細すぎて
ひっかかってる
それで足取りは遅い
ひっかかりひっかかり　動くから
毛羽立つよね
まあ　空も

植物

あの人が話をしている
だれかと話をしている
私は理解しようとする
けれどちっとも解らない
まるでこぼれ落ちる水滴のような笑顔
なにを笑っているのか

あの人が話をしている
植物のように神妙に
あの人の細い指が
つる草のように空を横切る

顔色は湿度に反応し
陽の光と呼応しあう
あの人のつぶやきは

ますます葉緑素じみる

春の泉

なんだったかなあ
「幸福」をイメージするような名まえの都市だったんだけど
わりと知られてる
その町の北側に広がる台地にサボテンが自生していて
春にはかわいらしい白い花を咲かせるらしいんだ
その蜜《みつ》を狙って鳥もやってくる
たくさんの大きな岩が雲ひとつない青空にそびえて
聖堂と名づけられていた

吸い込まれそうな蒼《あお》い空
とてもいい場所だった
そこに行きたいんだ
首吊《くびつ》りの木と呼ばれてる木の名まえがついた公園だったと思う

中屋上

中屋上と呼ばれた2階のはじにあるその小さな空間は私の隠れ家だった。葉がのびてむせかえる青臭い匂いの中で、嫌なことがあるといつまでもじっと隠れていた。

世界は途方もなく広く、嫌なことは限りなく強靭《きょうじん》で、好きなことは限りなくか弱くて、いつも泣きたい気持ちだった。知らなくてわからないことばっかりだったけど、知りたくもなかったし、大人は恐く、子どもは妙に荒々しく、時々いるやさしい人も遠くに感じた。

私はひとりぼっちだったけど、それは寂しくはなかった。ただ他人が嫌だった。だれも人がいなくなれば、こんなに恐れなくてすむのに。なにもかもが嫌で、その理由もわからず、楽しいこともなく、人が喜ぶことにも喜べず、無愛想な私は、じっと黙って一日を中屋上でやり過ごした。

赤い岩

その赤い岩
岩を染める夕陽
燃える夕陽
近づいちゃいけないし
近づきたくもない
毒々しいほどの赤

それなのに大地は　いつも風の中にある
風の中で
私はたくさんの人を見た
たくさんの人が動いていた
ひとつの方向へ
ひとつの目的をもって
悲しい目的
どうして?

どうしてそんな悲しいことをするの?
深い眼をした男の人が言ったわ
しょうがないんだよと
どうしてもしなきゃいけないことがあるんだよと
私はしょうがないことを前にして
たくさんの人が悲しむことを前にして
そのしょうがないことが人々を巻き込むのを
人々があえてしょうがないことに巻き込まれていくのを見ていた
岩の上から

岩の上から星が見えたわ
動物の鳴き声も聞こえた
星はちらちらまたたき
鳴き声は細い糸のようになった

出来事には終わりが来る
でも時間は止まらない

新しい朝陽は昇り
残った人たちは生活を始める
何もなかったよう
何もなかったわけではないけど
思いあぐんでもしょうがないから

でも私の胸には
あの男の人の深い暗い眼が生きている
私は何度生まれ変わっても
あの人の眼と生きている

蔓《つる》と蔦《つた》の井戸

蔓と蔦に囲まれた井戸をのぞきこんで
青空を映す　わずかに見える水面《すいめん》に
小石を落とす
青空が壊れて
私はゆらゆらと崩れる空を見下ろす
吸い込まれそう
手をのばせば
何にでも届きそうと思っていたあの頃

まなざし

会った瞬間
私の瞳《ひとみ》の奥に何かをさがすような
何かをたしかめるような
強い一片のまなざし

あの人にさがされた
私に　あったのだろうか　それが

花盛りの荒野

そこが荒野だとだれもが思うだろう
たしかに荒れ野原だった
見えるのは岩と茶色い草だけ
埃《ほこり》が舞い　土煙がたちこめる

けれど彼にだけはそこは花盛りに見えた
月夜の晩
月の光にぬれた荒野に
真っ白の花が咲く
あたり一面　真っ白の花

彼は
花盛りの荒野を横切って進む
ただひとり進む

静けさが
あたりを重く満たす

そこが荒野だとだれもが思うだろう
けれど彼にだけはそこは
強い思いに満たされた
光り輝く道だった

小鳥は僕らの前を行く

小鳥が散歩する
森の小道
小鳥は僕らの話を聞いた
小鳥は僕らの話を聞いて
ちいさく羽を動かした
小鳥がなに言っても驚くな
小鳥が飛び交う
春の小道

小鳥は僕らの前を行く
小鳥は僕らの前を行く

かなわぬ恋

思っても、思っても、届かない思い。かなわない思いをかかえて、今日も生きて行く。どうして、あなたという人が存在するのだろう。神様はなぜ、こんなにもかなわない思いをさせるのだろう。なにかの罰のようです。どれほど考えてもわからない。忘れることもできない、かなわぬ恋。

水の中の魚

憧《あこが》れのあの人は
水の中の魚のようだ
いつも気持ちよさそうに
スイスイと泳いでいる

つかめない
かわされる
スルリと逃げる

どこへ行ったのか
消えた！
いた！
あんなところに！
一緒にいる人、だれ！

だから今　心で言うね

叱られているところを
そばで仕事しながら
聞いていた

帰る時
駐車場まで一緒だったから
励まそうと声をかけたかったけど
できなかった

だから今　心で言うね

力になりたい
あなたを励ましたい

がんばって

私もがんばる
だから今　心で言うね
離れてても　遠くで言うね

椰子《やし》の木

椰子の木がある
この椰子の木はなんて高くのびているのだろう
上の方までどれくらいなんだろう
途中　カーブを描き　それからてっぺんで葉が爆発
葉の集まったところに椰子の実が見える
あの椰子の実が落ちてきたら危ないからって
ホテルの従業員の人が毎朝　実を落とす作業をしているという
そうなんだ
そんな椰子の木
台風で倒れたのもある
横倒しになっていた
根はひげのようだった

椰子の実
ココナッツ

あの白くて甘い汁
カリカリになったら削って齧《かじ》る

南の島の椰子の木
砂に足跡をつける
足跡をつけて歩く
ざくざくいう

昼間は灼熱《しゃくねっ》
海で泳ぐ
へとへとに疲れるまで

苦しいことがあったんだ
逃れてここへ来た
でも忘れられっこない
苦しい休暇
僕はひとり

ただ粛々と苦しみに殉じる

苔色《こけいろ》のノート

苔色のノートに書きこんだ言葉
ひとつ
もうひとつ
それから　またひとつ
まるで宝石のよう

宝石のようにきれいで
大好きな言葉
ペン先からあふれる魔法
紙に伝わって意味を刻み
届けられる
人々へ
意味は
透きとおり

拡散する

微細な粒子になって
香りや風となって
窓辺へと運ばれる

電車の窓　車の窓　飛行機の窓　船の窓　観覧車の窓　おもちゃの家の窓
ありとあらゆる窓へ

私があまりにも確信をもっているので
あなたは驚くけど
それには根拠があるのよ
その根拠ってなに？　って聞かれたら
わからないと
答えるわ

森の心

君の髪に散った飛沫《しぶき》
小さな玉になってとりついた飛沫
数限りなくたくさんの虹色《にじいろ》に輝き
しあわせな気分にさせてくれる
僕をうっとりとさせてくれる

その飛沫の中に森を隠しているね
森を　君は持っているね
鹿が跳ね　小川が流れる　森の心を

シロツメクサ

遠い遠い外国から
ガラスのすき間に詰められて遥《はる》かな旅をしてきた
シロツメクサの匂いが
カサカサに乾いて広がる
船の中の草原を
空想の鳥が飛ぶ

私を拾い上げて
あなたのところまで連れて行って
私をそっと抱きしめてくれたら
あなたの腕に絡みつくわ
そして
あなたの胸に頬よせたいの

秘密

私が友だちと南の島に遊びに行った時のことです
その頃の私はあることに傷ついてとても落ち込んでいました

その南の島はとても小さく
歩いても15分で一周できるほどでした
朝には波打ち際に花が落ち　そのすずやかな匂いで
胸がいっぱいになりました
波が寄せるたびに花が動き
波音を聞いていると
傷ついた心もすこしは癒《いや》されるようでした
それでも私の痛手は思った以上に大きく
ややもするとすぐに思い出して　涙ぐんでしまうのです
見かねた友だちがダイビングに誘ってくれました
あまり乗り気ではなかったのですが
熱心にすすめてくれるので1回だけと

挑戦してみることにしました

海の中はまったく別の世界でした
流れのない静かな場所だったせいか
私は青い空間にふわふわと浮かんで
時おり横切る魚たちを好奇心いっぱいの目で追いかけては
すごく自由な気持ちになっていました

どれぐらいたったか　たぶんそんなに長い時間ではなかったと思います
友だちやインストラクターの方がすぐそばにいるのはわかっていました
ひとりぼんやりとただ漂うのが楽しくて
ふわふわと浮かびながらみんなを見ていました

その時
目の前に小さな人が現れたのです
大きさは3センチぐらい
魚かなと思いましたが

人でした
天使だったかもしれません
美しかったから
その人はきれいにくるくると泳いで
私の方を見てにっこり笑いました
そしてくるくる泳ぎながら遠ざかっていきました

あまりにも驚いたのでそのことはだれにも言いませんでした
見間違いだったかもしれないし
きれいな魚がそういうふうに見えてしまったのかもしれません

けれどその後
その人がたびたび現れるようになりました
私の部屋や
ひとりの帰り道や
散歩の途中で
木の葉のかげや

花の中に

もちろんだれにも言いません
変だと思われるでしょうから
私の前にその人が現れてから
私の悲しみもだんだん薄れていきました
それよりもそっちが気になりますので
秘密を抱えると人は強くなるものです

好き

私はあの人が好き
でも言わない
どうして？　と聞かれる

言わない理由？
でも、じゃあ、どうして言わないといけないの？
伝えることの意味を考えたことがある？
私は考えたから
言わないことにしたのよ

カーテン

糸の君と
糸の僕
編み目で出会う
動けない

動きたい
ざわざわと布一面を感じる
全員で風にゆれる

糸である全員で
ゆれる

僕の左右の先っぽは君の左右の先っぽから遠い
僕たちは一ヶ所の編み目だけで出会う
そこ以外は他の人と出会ってる

知り合いは多い
でも君だけが実感がある
君に集中して
風にゆれる

明るい返事

あなたのメールの文章の短く明るい返事に助けられる
いつもいつも　本当は緊張しているんだよ
強そうにみせてても
あなたの次の反応を待つあいだ
心臓が
止まりそうになる

ほっとして
よかった　と
思うことが多い

ハードルをクリアするように
またひとつ
命が延びたと思わされるような
恋です

飛来

タンポポの種がふわふわと空を飛ぶ
白くやわらかく
その種はいつかどこかに落ちて
芽をだすか
ださないか

ふわふわと空を飛ぶ

すみれの野原

見渡す限りのすみれの野原
青紫の散らばる中を
力いっぱい駆け抜けた

飛んでいく
飛んでいく
後ろへ
後ろへ
喜びも　悲しみも
彗星《すいせい》のように

折り紙のわっかが垂れ下がるみたいな真っ黒な丸い葉が揺れる木立ちを
どこまでもまっすぐに前だけを見れば　木漏れ日が線になり流れ去っていく

愛という言葉を

簡単に言うなよ
愛という言葉は
簡単に使うなよ

地中海の白い島

その写真を見た時　心臓が止まりそうになった
岩だらけの島
紙くずのような白い建物の連なり
青と白の世界
恐いほどの狭い世界

こんな小さな島にどんな人が住んでいるの？

ロバもいるし
人もいるし
花も咲いているよ
細く見通しの悪い急な坂を
みんな登っていくよ

私は目を閉じて

そこにいる自分を想像した
空は紺碧《こんぺき》
海も同じ
建物は真っ白で眩《まぶ》しい
倦怠《けんたい》とめまい
具合が悪くなりそうな一歩手前で
崖《がけ》に立ち
景色を見る
空と海を見る
落ち着かない
この場所はなに?
ここはよその国で
こんなに孤独
それなのに私はまだ叫びださない
いつものように不安で泣きそうにもならない
静かに

恐いほど静かに
自分の体の重さだけを感じる

感情とハチミツ

手に負えない感情を　とりだしてため息
草っぱらの大地は暴風雨

手に負えない感情は　理性を攻撃
理性はあえなく撤退　満天の星
手に負えない感情が　暴走をはじめる
もうどうにでもなってしまえ

甘いのは　ハチミツの君

見張り台

あの人に誘われたの
人里はなれた見張り台に行こうって
あそこへ行こう
隠された場所
ふたりだけの見張り台で
ふたりだけで暮らそうと
ふたりで暮らしたらどうなるのだろう
見えるのは遥《はる》かかなたの水平線
空と雲
入り江の船
灯台
聞こえるのは海鳥の鳴き声と潮騒《しおさい》
砂浜を歩くのかしら

貝殻を拾いながら
あの人はそれで満足するのかしら
私とのひそやかな暮らし

私は
私は
どうだろう
いつか夕日を見ながら
泣くかしら
理由のない悲しみや
とりとめのない虚《むな》しさに襲われて

わからない
わからない
今はただ
あの人の腕の力と
想いの強さの中を

心地よくただようだけ

ただよって
さまよって
髪を風になびかせるだけ

柘榴《ざくろ》

柘榴の花　オレンジ色の花　つやつやと夜露が光る

ここまできといて

私がためらうから
あなたはとまどう

ここまできといて

柘榴の花　オレンジ色の花　そよそよと夜風にゆれる

人は

冷たいとかやさしいとか
簡単にいうね

簡単だね
人のことは
フッたとかフラれたとか
簡単にいうね

簡単だね
人のことは

ぜんぜん
そうじゃないけど
そう思われても仕方ないのかな

仕方ないね
僕は
ぜんぜん
そうじゃないのに

連れ帰る

石づくりの象から水は高く高く上った
睡蓮《すいれん》の池に水は落ちた
睡蓮の花に水は落ちた

庭園は四角く形づくられ
草花と薔薇《ばら》にうずもれていた

私はベンチにすわり
薔薇の花びらで遊んだ
花びらを山のように盛り上げて幾度も顔をうずめた
ひんやりとした薔薇の匂いが
記憶の扉を開く

その匂いが
私を連れ帰る

どこかへ

きのうは

ごめんね
ひどいことを言って
でも言わないわけにはいかなかったの
私はいつもあなたに
大きすぎるものをぶつけてしまうね

とても
好きなのだと思う

通じあう

言葉はもどかしく
他人行儀な一線を行ったり来たりする
思いはこんなにもすぐに深くへ届くのに
時間も距離も越えるのに
言葉だけが遠慮がちに身をすくませる

私は
ゆっくりとしか流れない時間の後ろを
いらいらしながらついて行く

他人行儀な言葉だけど
ひそむ思いは熱い

ふたりだけにわかるのだが
ふたりにしか　わからないのだが

夏の岬

すずしい夏の日
真っ青な空
岬から眺めるヨットが
水面《すいめん》を鳥のように進む
水鳥の白い波形
白い波形

君に恋をしたことを
いつ　言おうか

今　言ってしまおうか

本当にきれいなもの

汚いものの奥に
醜いものの奥に
本当にきれいなものがある

それを見るためには
汚いものの中に
醜いものの中に
恐れずに入らなきゃいけない

本当に美しいものはそんなふうにして隠れている
まやかしにだまされてはダメ
見せかけを恐れてはダメ

関与する

僕は君に関与する
ある覚悟を持って

早く知らせよう
躊躇《ちゅうちょ》はしない

貴重な時間が飛び去る前に
この言葉を届けよう

僕は君に関与する
ある明晰《めいせき》な意識と共に

夏のはじめの静かな晩

この甘い香りはなんだろう
大きな黒っぽい木に白い花が咲いている
この花だ

歩きながら私は
隣を歩く恋人の腕にそっと寄り添った
彼はすこし躊躇して
それから平静を装った
この人は私を好きだと言う
だから私も好きよと応《こた》えた
ただ好きよと
すると彼はとても苦しそうな顔をしてわずかに微笑んだ
私の答えは望ましいものではなかったのだろう
私が気安く触れようとすると
彼は離れようとする

それがおもしろくて私はいっそう意地悪になる

こんなに近くにいても彼の願いは遠い
こんなに近くにいるからこそ
彼にとって私は遠い
これほどの遠さがあるだろうか
それがおもしろくて私はいっそう意地悪になる

あんなところで

あんなところでどんな人が好き?　なんて聞く
あんな場面で答えることはみんな嘘だから
君はそんなこともわからない子どもなんだな

野ばら

傾けた首が
野ばらの茂みに影を落とす
愛《いと》しい人

言葉よりもよくしゃべる瞳《ひとみ》が
今は物憂げに花と戯れる

僕は近頃
愛にはいろんな愛があるとわかってきたよ

途中で僕ら
喧騒《けんそう》の中で
叫びあう人々
静寂の中でも
声にならない声が行きかう
電車が到着
目的地はどこ
景色が流れ
終点に近づく
山の中の湖
崖《がけ》っぷちの町

お祭りがうるさいね
にぎやかな花火

帽子と鞄《かばん》
車輪の音

永遠に旅は続く

行き先は
どこでもよかったんだ

遠くに青い海が見えたら
途中で僕ら　席を立とう
途中下車して
ぼんやりしよう

永遠に旅は続く

恋人

私の恋人は、　私を愛していると言う
まさか
愛って、　なんのこと

小箱に
小鳥がとまっている
爪先がまるまって
縁をしっかりと摑《つか》んでいる
その様子は　胸を打つ

局面

君が
睫毛《まつげ》を閉じて
開ける

同時に世界がすべり落ちて
また開く

長い曲線の上の神秘的な局面

君に言いたいことがあるが
それは言ってはいけないことだと
ずっと昔に教わったような気がして
思い出そうとするが
思い出せない

君が
睫毛を閉じて
開ける

世界が一度消えて
ふたたび現れる

君に言いたいことがあるが
どうしても言いたいが
どうして言ってはいけないのか
思い出そうとするが
思い出せない

ただ
そう思う力が強いから
きっと言わない方がいいんだろう

君に言いたいことがあるが
それは言ってはいけないことだと
ずっと昔に教わったような気がする

私が風の中にいた時

私が風の中にいた時
あなたは私を見ているひとつのものだった
吹きすさぶ風の中
荒れ果てた丘の上の
ひくく暗い雲の下

戦いに行く私が
風の中を走っていた時
あなたは私を見ているひとつのものだった
言葉を持たない大きな岩のようなものだった

あなたは私を心配そうに見守り
そこで祈ってくれた
その思いは私に届き
あたたかい強さに守られた

胸の奥に灯《とも》った炎が
私を導き
進むべき次の道を
選ぶべき次の一手を
教えてくれた

どんな嵐の中でも
静かな確信の中で
私は冷静に事を進められた

私が風の中にいた時
あなたは私を見ているひとつのものだった
だから長い時間のあとにふたたびあなたに出会った時
すぐにわかったの
姿かたちは違うけど
それは　あなたと私だった

告白

あなたの目をやさしく見て
心から好きだと言う前に
私はひとつの仕事を終えよう

むずかしい綱渡りのような
むずかしい問いかけだ
もうこれ限り会えないかもしれない
嫌われるかもしれないと思いながらの
告白だ
けれど
これを今　言わないと
伝える機会を失ってしまう
今ここで本当の気持ちを言わないと
私がいつかうそつきになる

あなたに好きだと伝える前に
聞かなければいけないことがある

おぎなう

この手紙を読んだ人が
自分の言葉でおぎなえるように
不完全な形の手紙をだすわ

思いが募って

いちばん
思いが募ってしょうがなかった時
私は呼吸することさえも苦しかった
どうしても　考えてしまう
あの人のことを

理性では抑えられるのに
感情が動く
これは何の試練だろう
これにどんな意味があるのか

静かな夜のしじまの中の
苦しいほどの自問自答に
答えなんてでない

それって悲しくないですかと
あの人は言った
何の話か忘れてしまったけど
私は答えをうやむやにした

言葉は流れ合い
心に注ぎ込み
新たな関係を生みだす

どんな関係をあの人と
私は築けるだろう
その答えは　いつかわかる
振り返った時の景色の中に
いつかはっきりと浮かび上がる
それが私を支えるものとなるように
私はあの人をどこまでも信じよう

風は君に属するか

飛ぶように駆ける君
君のまわりの疾風《しっぷう》が草原を歪《ゆが》ませる

風は　君に　属するか
それとも　野に属するか

糸柳

糸柳が川沿いに
その糸のような枝に
魚のような葉をつけて風にゆれる

魚が散って
地面を泳ぐ
あっちにもこっちにも

水たまりには
魚たちがかたまる

水たまりで
魚たちが泳ぐ

運命は私たちをどこへ連れて行くのか

生きていけるだけの水があれば
そこで私たちは生きていくわ
それ以上は決して何も望みません
ただふたりで静かに

神さま
地面でなく
水たまりの方に
私たちを落としてください

笑ってほしい

また逃げる
つかまえる
また逃げた
つかまえた

笑ってほしい
笑ってほしい

海と空のあいだに

海と空のあいだに
今　立って
すべてのことを抱きとめる

あなたは私を
愛することになるけれど
その愛は
私を超えて
すべてのことにつながっていくでしょう

宝石

ちょっと待って！
今　宝石がこぼれたね！
あなたの口から！
もらうよ
笑っていい？
あまりにも幸福で

夜の扉

夜になると
夜の中に
なにかがいて
私を脅《おびや》かす
夜に考えることは恐ろしいことばかり

夜には生きた心地がしない
暗く悲しく寂しい
どんな力も湧いてこない
昼間にはなんでもないことが
なんでも悪く思えてくる

そんな恐ろしい夜なのに
ときたますごくやさしいものがやってくる
甘い香りと

まろやかな気配
扉が開いて
手招きをして
ぐにゃりと曲がった真夜中の時間の中に
うす水色とうす桃色の天使が飛び交っている

ケンカしながら帰る

どうして最後
いつもケンカになっちゃうんだろう
別れたくないから
離れ離れになりたくないから
あなたに「じゃあまたね」って言いたくないから
別々の部屋に帰りたくないから
最後はいつもケンカして
やっと離れられる

会話

会話はたえまなく立ちのぼる泡
その泡の中でもがく私
冷たい泡が体に張りつき　私は抜き手を切って泳ごうとする
プールの中は透きとおった水で　ゆらゆらと私を笑うように包む
包みこむように笑う
私は
笑われるのも好きよ

コンペイトウの花

林の縁にコンペイトウの形の花
まだわからないけど
なれる最大のものになりたい
まだはっきりとはわからないけど
強い気持ちがあるんだ

つまらないことは目に入らない
見たくない　そんなの
僕はできるだけ遠いところに行きたい
ここからできるだけ遠くだ
コンペイトウの花なんて
ながめる時間がもったいない
花なんて花なんて
そんなのあるのって思うよ

退屈レモン

バッグンに明るい君
星のような
砂の中の
水晶みたいな君
にぎやかな日常
騒がしい戸外
驚きの色彩感覚
間違ってしまったと
君が言うときの
胸を打つ正直さ

レモンソーダ
退屈しのぎの質問
それでも　そのもののもつ美徳

受け止める
受け止める力を身につけたい
完全なる包容力
底なしの包容力
それだけに包まれる喜び
ああ
君に包まれて眠りたい

棘《とげ》

彼はその日　木陰で昼寝をしていた
沼のほとりのわずかに風の通る場所で

カサッと枯葉を踏みしめた足音で
彼は目覚め
何も言わず私のそばに来た
そこに立ちすくんだ私を　彼はいきなり抱き寄せた
荒々しく乱暴に
それでいて　限りなくやさしく

逃げられないと初めからわかっていたら逃げないわ

私は逃げなかった
すると彼はどうしていいかわからなくなって
抱きながら同時に遥《はる》かかなたへ後ずさった

私の棘を心にさしたまま

秋の日

群青の渡り鳥が西の空を渡り
蒼《あお》ざめたガラス玉が細い管を落ちていくように
終わりのない音を響かせる夕暮れ

あの人が鞄《かばん》からだしたのは
細長い小さなチョコレート
パキンと半分に割って
私の手にのせられた

たき火の煙が白くたなびく
落ち葉の並木　その音と匂いを
深く吸い込む

ゆっくりと思い出すように
たのしげに

ぽつりぽつりと語られる
恋人の話

失恋とその甘さを
この情景と共に記憶する
たき火の匂いの秋の夕暮れ

秋の実の落ちる音

つなぎあって分かれないと思い込んでいたこの手
もつれあってほどけないと思い込んでいたこの手

果実は　時がきたら
自然と落ちるものだと
あの人は知っていたのだ
いつの時も
はじめから

静かな雨の日

雨がふっている
雨がふり続く
雨が屋根や窓にあたる音が建物を低く重く包み込む
私はなにもする気になれず　家の中の乾いたところでじっとしている
雨がふっている
どうかこのままずっとふり続いて
私をここに閉じ込めて

雨がふっている
雨は好き
雨は包んでくれる水
雨は溶かしてくれる水
雨は守ってくれる水
雨にぬれない場所で雨の中にいて
雨の音を聞いて　雨のことを思う

ずっとずっと思う

思い出す
思い出せるわ
あなたのことを
いつもより強く

雨の中に
広がっていく
記憶

思い出す
まだ思い出せる
あなたのことを

糸杉の散歩道

坂の上に
炎のような形の糸杉があって
夕方　空を見ながら歩くと
そこに最初の星がみえた

季節の変わり目になると
あの人を思う

自由で明るい人
いつも通りすぎていく人

糸杉の角を曲がると
炎は消えて
広がる斜面の向こうに
ちらちらと街の明かりがまたたきはじめる

ゆがんだ形の澄んだ稜線《りょうせん》を
鳥が横切る

いつも明るい人
いつも自由な人
そんなあの人の悲しい顔を
底なし沼のような寂しさを
私はある時　知ってしまい
それからはあの人を違うふうに見た

炎のような黒い糸杉
いろいろな面が人にはあって
だれもがそのいくつかを隠して生きている

黄緑色の村

なだらかなすり鉢状になったそのいちばん低いところに小さな村があった。
遠くから見るとそのあたりはなぜか黄緑色に見えた。
黄緑色の村に僕は住んでいた。
詩を作ってはひとりで丘にのぼって読み上げた。
村にはいろんな人がいた。
牛乳屋さん、大工さん、自転車屋さん、縫い物屋さん……。
僕の村は小さいけれど、美しいと人々は言った。
美しい村に住む僕は、誇り高く生きようと思った。
この美しさに負けないように。
美しい村は美しい星の中にあり、
そこまでは僕は知らなかったけど、美しい星は美しい宇宙の中にあった。
村には四季があり、季節ごとに景色が変わった。
どの季節もそれぞれに素晴らしかった。
寒く凍える日もあれば、暑くてたまらない日もあり、生き物は日ごとに形を変え、成長していった。
僕の詩はどんどん増えていき、ノート何冊分にもなった。
あまりにも増えたので、ある夜、外で燃やした。
僕の詩は炎に包まれて、夜空に飛んでいった。
ノートは燃えたけど、言葉は僕の中にあった。
僕の胸の中は広かったから、それでも言葉はすこしもいっぱいにならなかった。
あとからあとから出てきても、あとからあとから消えていった。
小さい言葉のカケラだけが底に落ちた。
それは言葉の断片で、意味などないようだった。
ドロップのカケラのようにいろんな色がついていた。
僕は詩を作り続け、忘れ続けた。
忘れても忘れても、気持ちは言葉を生みだした。
言葉に囲まれ、言葉に導かれ、夜なんか眠った。
言葉はやわらかく僕を包み、甘い夢をみせてくれた。
僕はいつまでも、言葉とともに生きていた。
そんな時、そこがどこだか、もうわからなかった。

私たちの家に帰ろう

帰ろう
私たちの家に
帰ろう
あの川のそばに

突風が野原を渡り
ガラス窓をたたく
森で生き物がたてる声
それから静寂の時

朝焼けの色
夕方の雨
夜の闇
雪野原

どれもなつかしい
けれどいちばんなつかしいのは
あの家の中にいる私たち
あの家で見るささやかな夢
たくさんの希望とこれからつくられる思い出

帰ろう
なにも心配せずに
私たちの家に

帰り道

ここでひとつ慎重になりたい
起こった出来事をひとつひとつふりかえろう

ひとりの人

男性一般　女性一般ではなく
名前のついたひとりの人を求めていた
どんなに多くの人が賛同する意見よりも
ただひとりの人の意見
その人の心をとらえるものを

他の人なんてどうでもいい
ただひとりの人だけが
私には大切だった

晩秋の湖

凍るように冷たい風が
夕方の湖の上を吹き渡る

ただひとつの気持ちに突き動かされて
ここまで来た

思いを断ち切ろうとしたのに
薄くこごえた景色の中で
僕の思いは燃えあがる

思い切れない
どうしても

苦しい恋に
なってしまった

瞳《ひとみ》

星空に星座
あなたもうつむく

うつむく動きは
はるか彼方《かなた》の宇宙の果てまでまっすぐに
見る間にあなたを　私から遠ざける
あなたの心は私には向いていない
ほんの少しも

私がこの手を離したら
あなたは去っていくのかな
ぐんぐん飛んでいき
小さな点となるあなたを想像する

星空に星座

私は見上げる
小さな点となったあなたに
瞳を凝らす

さよならじゃないでしょ

遠くからほほえんでいるような言い方をしないで
そんなにやさしくよそよそしく
去っていく人のような顔をしないで
そんなに簡単に私から離れられると思わないで

淡き想い

幾度も張りなおした
つる草のアーチ
夕陽に飛び去る鳥
淡き想い

夕焼けがすべてを
茜色《あかねいろ》の隠し絵にする

無邪気でいたいのに
つらいことを経験して
大人になってしまった

無邪気でいられたのは
その先にあるものに
思いが至らなかったから

今は　先のことを考えると
躊躇《ちゅうちょ》もするわ

憂いをおびたと言われる笑顔
憂いのわけを尋ねられ
答えたくなくて話をそらす
熱い想いも今は
淡き思い出

それでも
まだ胸は痛い

悩み相談の答え

人は自分以外の人にはなれないというのが、まずひとつ。
それから、人は自分を受け入れるしかないというのが、ふたつめ。
それで全部。

背景

足もとの草の実を手でそいで　秋の空に飛ばす

行ってしまった恋
二度と戻らない恋

草の実はわずかに空を飛び
灰色の背景に紛れて消えた

あの人の背景にはたくさんの色があって
私はどこに焦点を合わせたらいいかわからなかった

足早に通り過ぎてしまった恋
決して近づいてはいけない恋

疲れてしまったの

いろいろなことを考えることに
ただ単純に
ただ好きと言ってた時が
いちばんよかった
ただ好きと言えてた時が
私はいちばん強かった

雨の中でひとり

きょうも雨
雨が木の葉をたたく音が聞こえる
図書館の中は暗くてひんやりとしている
書棚の細い通路はまだ見ぬ場所へと続く道
灰色に煙《けぶ》る異国の丘
湿った森の匂い
遠くの低い空
岩肌にはりつく街
絢爛《けんらん》豪華な宮殿のさみしい窓
さみしい窓
雨の中でひとり

祈るように願う

祈るように願う
形から入っても
思いがそれに続きますように

祈るように願う
悲しみの海は深くはないと
あの人が気づきますように

祈るように願う
何度でもやり直せることを
あの人が気づきますように

祈るように願う
今見えるものにも別の面があることを
あの人が気づきますように

祈るように願う
今悩んでいるその場所から
心だけは飛び出すことができることを
あの人が気づきますように

君は理解しようとする

僕の話に耳を傾けて
君は理解しようとする
理解しようと試みる
真剣に

けれど
それは無理

真剣なまなざしは僕を感動させる
君は理解しようとする
僕も理解しようとする
でもできない
理解しようとする君と僕が

透明な壁のまえで向かいあう
交わした視線は交差して遥《はる》か後方まで延びていく

限界まできた
理解できない君と僕は
理解を超えたところで見つめあおう
理解できない君と僕は
理解を必要としないところで認めあおう

抜け殻

テーブルに夢の抜け殻
思惑ははずれ
取り残された私の
傍らをすりぬける

冷たい大理石
頬をよせれば
涙が
つたう

夢に向かって進んでいた

夢に向かって進んでいた頃がなつかしい。夢は希望に満ちていた。私たちは話すたび、希望に希望をさらに重ねた。町を抜け、丘を越え、夢に向かって進んでいた。

流星の帰り道

ひと足ごとに深くなる憂鬱《ゆううつ》
わかりあえない悲しみと
わかりあえたと思う
奇跡のような瞬間

別れの感触は白いワタスゲのように柔らかく
ひとりの帰り道　記憶を辿《たど》る

ふりかえっても
ひきかえしても
もうそのものはそこにはない
流れ星は尾を引いて
夜空に深く消えていく
あの人もあの時も

思い出の中だけで輝いている
輝くのが思い出の中だけでも
輝かないよりはましだろうと
あの人なら　言いそう

深緑の夕暮れ

静寂が辺りを包み　ひとあしごとに私は明日に近づき　心は昨日に連れもどされる
まちがった角を曲がり　まちがった選択をしたのだろうか
答えなんてだれもだせない
正解なんてないのに
後悔してしまいそうになる

踏みだしたこの道が
どこへ続くのか

今は
深く考えないようにして
深緑のベールを薄く
一枚ずつ剝《は》ぐように
深緑の夕暮れの奥へと分け入る
まだ一度も起こしたことのない行動を

これから私はしようとしている

火の玉

吹雪の中を走ってきたの
ひとつの思いだけを胸に抱いて
吹雪の中を走ってきたの
ただひたすらに駆け抜けたわ

私を見た人は私が
熱く燃える火の玉にみえたでしょう

髪も体も靴も
炎のように輝いてみえたでしょう

荒野

吹きすさぶ荒野にいた頃の話をしよう
もちろん君と一緒だった

見渡す限り茶色と黄色と緑の氾濫《はんらん》
あらゆる植物がなぎ倒され　まるで川のような
流れるような荒野
いっときも同じ景色はない
その嵐のただ中にいて
どんなに僕は興奮しただろう
風に飛ばされてしまいたい
流れにのまれてしまいたい
人間なんてちいさな体でどうしていなくちゃいけないんだ
透きとおってちぎれて嵐と共に進みたい
地の果てまでも飛んで行きたい

荒くれた岩の上で叫ぶ僕を
君は心配して
どうにか気持ちを連れもどそうと必死だった
君の悲しい瞳《ひとみ》は見えていたけど
どうしようもなかったんだ
僕はどうしようもなくなっちゃうんだ

知ってるだろう

何度目かの大嵐が来て
ついに僕の旅立ちの時が来た
君はそのことがわかっていて　すごく悲しそうだった
でも君はなんにもわかってないからあんなに悲しかったんだよ
僕らは何度でも会えるだろう
そして実際　何度でも会えただろう？

君が覚えてないだけで
僕らはいつも一緒だった
今のように

でも一緒にいることが大事だって思いすぎないで欲しいんだ
いつも一緒にいる必要なんてないんだよ
僕たちはお互いを知っている
一度でも会っている
そして互いを認めている
そのことの意味が君にわかれば
もう悲しむことはないだろう
君はわかってないんだよな
僕はすごくわかってるのに

なにもわからなくなった

甘えてばかりで
わがままを言ってばかりで
嫌われないか怖かった
こんなことしてたら
いつか嫌われてしまわないかと
恐れた

時間の感覚がなくなっていく

どこまで傷つけたら
この人が怒るのか
愛してるって言われると
それがどこまで本当なのか
確かめずにはいられない

どこにいるの
私はここにいると思っているけど
本当にそう？
私が見える？
どこにいるの？
あなたがそこに見えるけど
本当にそう？
本当にそう？

今

その人と私の間にあるものの
どの点にすがろうか
すがる点をさがす
ひとつあればいい

抱擁

この場所からすぐに立ち去って
どこか見えない遠くへ行ってしまいなさい
私を知っていたとは言わせない
私を愛したなんて言わせないわ

でも
知っているとさえ言わなければ
そばにいてもいいわ
知っているとさえ言わなければ
ずっといてもいいわ

雪

雪はすべてを覆いつくす白いベール
なにもかも見えなくする
そこになにがあったのかもわからない
雪の上を歩いてみる
足跡が刻まれる

私とあなたの足跡が並んで　どこまでも続くはずだったのに
今ここにあるのは　私だけの足跡
なにもかも消えた白い未来に
私だけの足跡が刻まれる
どっちへ　行こうか

孤独のこころ

歩く道にひとり。風が吹いて、涙が千切れる。笑い声がうしろから追い越していく。
みんなは幸せなんだね。みんなは、みんなは幸せなんだろう。
孤独のこころを君にみせたい。孤独のこころはこんなに冷たいよ。僕の手のひらで、
それは、君を思って溶けていく。

もう一度

もう一度　聞かれたら
打ちあけたかもしれない

星屑《ほしくず》の下には

星屑の下にはだれかが眠っている
星屑の下には
あなたに愛されなかった私が眠っている
坂道の上
あなたを思い
胸につきささる月明かり

決着

私は私の人生の中で
あの出来事に決着をつけなければならないし
彼は彼の人生の中で決着をつけなければならない
それぞれの道なのだ

一緒に進まないと決めた時に
課題はそれぞれに残された
相手がどうということではなく
きっと思うことは違うはずで
同じ境地には達し得ない

ひとつの出来事を双方の見方で体験し
それぞれの感覚で受け止めた
それぞれ違う形の傷を自分で癒《いや》すしかない
相手にはわかりっこないのだ

私の傷の深さなど

わかりあえない相手に同意を求めるのはやめよう
謝罪も涙も悔恨も　求めて救われるわけじゃない
私たちはそれぞれの人生の中で
あの出来事に決着をつけなければならない

静かに暗い気持ち

とても落ち込むことがあって、静かに僕は暗くなってた。なにをしても晴れなくて、ため息ばかりをついていた。どうしようもなく、せつなくて、夜空の奥を見つめてた。夜空の奥にあったのは、ただあてもない暗闇で、ますます僕は暗くなる。うすみどり色の葉っぱから、うす水色の花が咲いて、僕を救ってくれなかったら、今でも僕は泣いてただろう。

*

越えられるだろうか
僕は
君を

逃げられるだろうか
僕は
君から

逃げられるだろうか
逃げられるだろうか

いや
もう
逃げられない

つかまってしまった
君はもう
僕の中に生きている

*

星の中
あなたの手を探す
夜のあいだ
ずっと
あなたを思う

どこを見ているの？
忙しいの？
答えてくれないあなたの
あなたの手を探す

誰かを好きになるということは
自分の中にあるけど
まだ気づいてない何かを
その人の中に見いだすことだったね

星の中
あなたの声を聞く
いつまでも
ずっと
あなたの声を聞く

＊

今にして思えば
あの人は悪い人ではなかったのかもしれない
こだわっていたのは　私の方

＊

あなたを簡単に嫌うには
私の記憶が邪魔をする
やさしいところばかりを思い出す
やさしい人だった
嫌いになんかなれない

＊

なにかが見えた気がした
窓の向こうに

なにかが光った気がした
確かめようとすると見えなくなる
なにかが見えた気がした
あなたの中に
確かめようとすると
見えなくなる

*

菜の花が咲きました
季節はまだまだ冬だけど
菜の花が咲きました
あなたの笑顔を愛します

*

運命はちょうどいい時に　ちょうどいいところにその人を運んでいく
先がわからないから　私たちにはつらいけど
いつかは生きてきたかいがあると
思える時が来るのでしょう

＊

明かり灯《とも》る
あなたの言葉で
胸に明かり灯る
真っ暗な夜でも
あなたの言葉で
胸に明かり灯る

＊

だれも知らない細い道を通ってここまで来たことを
あなたは忘れないでほしい

みんなで一斉に通る大通りじゃなかった
生け垣をくぐりぬけたり　ショートカットしたり
星空の下を遠回りしたり　ひとけのない路地をふるえながら歩いて
ここまで来たことを

だれにもその足跡を見つけられていないことを
誇りに思ってほしい

＊

向こう見ずな君の強い瞳《ひとみ》を
静かに受け止める
水槽の藻のような　ゆらめく光の中
これから先にやってくるものが
泡のようにたちのぼっていく
出会いと別れ
幸福と涙
その熱い思いもいつか　ゆっくりとさめていくのだとしても

今この時だけは
君と夢を見ていよう

＊

「私、今、いちばん好きなのはあなたかもしれない」

「どうせ明日には嫌いになってるんでしょ」

「どうしてそんなこと言うの？」

「だっていつもそうだから」

「今まではそうだったかもしれないけど、今度はそうじゃないかもしれないでしょう？」

「何を言われても、僕はあいつらみたいにだまされませんから」

「ひどい」

「ひどいのは、あなたですよ。そろそろ気づいてくださいね」

＊

曇ってきたね
寒いね

薄い日が雲の切れ間から射してる
お別れだね
たぶんもう会えないね
雪が降るかな
降ればいいな
つもれば　いいな

*

疾走感が命で
生きてることがゲームだったよ
ただ降りしきる雨の中
ただ降りしきる雨の中

*

朝焼けの海辺
砂浜にひびく波音
誰にもいえない恋をして

誰にもいえない恋が終わった
終わってよかった
もうあれ以上は耐えられない

鳥が飛ぶ
高いところを
終わってよかった
苦しかったよ

*

魅力さん、さようなら。僕はもう、いいや。

*

鼓動を触る
植物の葉がひらく
さまよう視線
おいていかれた時間

ざわざわと動きながら進む人々
目標をさがす
なにも見えない
泡よ　消えろ
泡なら　空へ
空を　飛べ
消えるならそこで

ざわざわと
はじけながら進む街
僕は一歩
未来へと足を踏み入れる
今はどんなにつらくても

＊

今　この世界でこの僕を
愛してくれる人はいない

必要としている人もいない
道端の草だって　なにかと共存してるのに
僕もなにかと共に生きているのだろうか

＊

君の
「おはよう」という笑顔
「さよなら」という声
顔も声もなにもかも
恋したことに気づいてからは
つきささる短剣

＊

誠実に対応することの大切さを
今日　知った
こんな僕でよければ
いつでも　いくつでも

相談にのるよ

＊

雪まじりの雨の中
ヘッドライトもたよりないような
暗い道を
駆けぬけて
駆けぬけて

＊

笑ってくれるんだね
あんなことがあったのに
また会いたいと言ってくれた
その言葉に僕はちょっと驚いていた

＊

悲しみが人を強くすると

誰が言ったのだろう
僕たちはいつもいつも
新しい悲しみに打ちのめされている

＊

人は
ある時
ある場所で
ある人に出会う
出会ってしまう

＊

土曜の夜
友だちに誘われて
時間つぶしのように飲みに行く
それほど酔うこともなく

早めに家に帰る
鍵《かぎ》を開け
ドアを開け
君からの連絡が来ないことにも慣れ
空虚さにも慣れて
コートを脱ぐ

このまま
すこしずつ胸も痛くなくなり
すこしずつ忘れてしまえたら
それでいい

早く忘れてしまいたい
早く忘れてしまえたら

鎖の輪

物事の始まりがいつも
わたしたちを追いかけてきて
物事の終わりはいつも
わたしたちを追い越していく

大事なのは
終わりでも始まりでもなく
たった今

始まりも終わりも今も
つながった鎖の輪だとしたら
なんでもなさそうな今だって
運命の瞬間のはず

桜の木の下で

偶然をよそおい
すべてから逃げてきた
偶然をよそおうのが
上手になった
よそおってもよそおわなくても
悲しみは変わらない
自分らしさ
落ち着くところ
落ち着く場所をさがして
夜に紛れて逃げてばかり
あなたのダメなところを許したい
私のダメなところを許してね
桜の木の下で手をつないで泣いても
何も変わらなかった

あの大切なものの
上をなぞったのが私なら
下をなぞったのがあなた
同じものを抱えていたのに
気づいていなかった

そんなふうにしてすれ違ってしまう
そんなふうにしても　すれ違ってしまう
うまくいく人たちもいるのに
私たちはうまくいかない
その違いは何だろう
それともうまくいってるのだろうか
うまくいってるのかもしれない
世間的な成功ではないけど
あなたのダメなところを許したい

私のダメなところを許してね
桜の木の下で手をつないで泣いても
何も変わらなくても

淡いすみれ色

か弱い若草色の草が　まだぽそぽそとそよぐほどの早春
薄い空の下を歩く
北の港町は　貝殻の看板とまるいカモメのシルエット

来なくなった便りの理由を幾通りも考えた
もうあきらめている
けれど忘れることはできない

まだ待っていてもいいだろうか
それは滑稽《こっけい》なことだろうか
けれど誰にも話さなければ
私の真剣さも知られずにすむだろう
ただこのままひっそりと思い続けて死ぬのであれば
誰にも何も言われないだろう
黙って思っているのはいいだろう

私の決意は淡いすみれ色の空へ
暮れてゆく青さと共に
ゆっくりと闇に溶けていく
やがてそれは曖昧《あいまい》になり
やさしく夜に紛れる

薄墨の奥にあるはずのすみれ色
あったはずの青さ
その情景は私を励ましてくれる1枚のイメージとなるだろう
遠くからずっと

どんな漆黒の闇でも
そのむこうにあるはずの淡いすみれ色を　私だけで見ていよう

すこしだけ早い涙　すこしだけ遅い笑顔

私たちが歩いてきた道をあなたはおぼえてる？
ここであなたは笑ったわ
そして私も笑ったね
それから私は立ち止まり
すこしだけ早い涙を流した

どうしてなのかわからない
わからないけど悲しくて

忙しかった日々
楽しかった日々
やさしかった日々

まちがいだったのかな
離れ離れになったこと

でも時間はもとに戻せない

私たちが歩いていた道をあなたはおぼえてる?
まだ苗字で呼び合っていた頃
初めてふたりで歩いた午後
そよ風と花びらと
青空を見たよね
別れ際　笑顔でさよならをいいたかったのに
すこしだけ遅い笑顔が　私たちの最後になった

夢で会う

ずっと気にしてて
元気にしてるかと
不安になっていたら
夢で会ったわ

にこにこしながら近づいてきて
私を励ますようなことを言ったの
しっかりしなさい
どうしたの
大丈夫
そんなこと気にしないで
それから大きな声で笑ってた
私は安心して
やっぱり変わってなかったんだと

うれしくなった
夢で会ったわ
でも
夢でしか会えないわ

虹《にじ》

人生の急な流れの中にたたずんで
四方八方の
移りゆく景色をぼんやりと見ている

人々や物事　出来事と印象
浮かんだり沈んだりしながら
下流へ

たくさんのさまざまな強い感情が
目の前を通過していく

手をのばしても
何も触れない

虹が　にわか雨の向こうにかかる

手をのばしても
誰もいない

よくここにいると思う
ひとりで
叫びだしもせず
わかりにくく静かに
この世界に

虹がうすくほどけ
灰色の風が巻き上がる
私は浮かびあがり
空へと落ちていく

忘れられるものならば

忘れられるものならば忘れよう
忘れたい　あなたを
忘れられるものならその存在すら

忘れられずに　つらい日々をこれ以上

忘れられない　忘れない
まだ決して
忘れられるはずもない

簡単に忘れられるようなものならば

轍《わだち》

車輪の轍が
道の果てまで続いている
この道は
どこへと続くのだろう

車輪の轍は美しい
その先の未来を思うと
憧《あこが》れと悲しみが胸をとらえる

最後の砦《とりで》

欅《けやき》の並木は私の散歩道
木陰のレースが私の日傘
遥《はる》か遠くの地平線
小麦の黄金《おうごん》が夢へと誘《さそ》う
夢は私の最後の砦

夢の中では別の人になれる

挨拶《あいさつ》

おはようと私はいってみる。
だれも応《こた》えてくれないのに。
おはようと風に乗せてみる。
悲しみが、夢のようにひろがる。

夢は、なんてすばらしい魔法だろう。
忘却と夢は、私を苦しみから遠ざけてくれる。
苦しみから遠ざかった私は、新たな気持ちであなたに出会う。
私は、初めての気持ちであなたに挨拶をする。

おはよう。
何度も何度も、初めてを繰り返す。
おはよう。
おはよう。

あなたは、風の中で、
しあわせを知っていた。
あなたは、嵐の中でも、
しあわせを祈っていた。

私は、馬鹿で、無防備で、わがままだった。
そして、今思えば、とても幼かった。
あなたが、
私を愛さなかったのも、わかる。
私だって自分をもてあましていた。
あなたが愛さなかった私だけど、
それは惜しいタイミングでもあったでしょう?
もうすこし、私が今のようだったら、
あなたは私を認めてくれたかもしれない。
でもそれも、わからないことね。
私たち、すれ違って……、それでもなにかを感じていたのは本当。

ああ、……それも私のひとりよがりかもしれない。
考えるわ。
考えて、何も考えつかなくても、
なにかいいことを、きっと思いつくわ。
きっときっと、思いつくわ。

貝殻と諦念《ていねん》

巻き貝の渦巻きを
指先でたどる

くるくるくると
指先が
時間をたどる

波音を
嵐を
陽ざしをたどる

巻き貝を手に包み
耳元に寄せる

冷たい硬さ

遠い日々の記憶

過ぎてきた時間が
次々と降りおりて
さまざまな出来事が
胸の奥に積もる

消えていく思い
忘れ去ったこと
なにもかも角がけずられて
やがて砂つぶのように砕け
その白い砂の上を
ひとり歩く私

この足跡もやがては
ゆっくりと消えていく

それでも過ぎてきた日々は
確かにそこで生きている

薔薇色《ばらいろ》の孤独

贅沢《ぜいたく》な孤独
薔薇色の孤独
私たちはどうやったってひとりだから
たまに一瞬ふたりになっても
私たちのようなものは　もともとひとりなんだから
もう諦《あきら》めてしまいなさい
諦めて納得しなさい
そういうものだと

孤独は悲しくはなく
孤独はきれいで力強い
孤独は私たちを守ってくれる
孤独は私たちを目標へ向かわせてくれる

どうして孤独が嫌いなの？

孤独だけが助けてくれるのに
孤独だけが裏切らないのに
孤独だけがやさしいのに

私たちがいつも陥る孤独は
そこでこそなにかがはぐくまれる清らかな工房だ
その存在を大切にして
自分だけの工房の中に生きよう
そうすればいつのまにかたくさんの仲間に囲まれていて
少しも悲しくないことがわかるだろう
孤独は薔薇色だと知るだろう

浮上

今高らかに宣言する
私は浮上する
長い長い沈潜から
今　大きく浮上する

何もない
何もなくなってしまった
あの街にも
まわりにも
私をひきとめるものは何もない
長く思いに沈んでいたけど
もういいでしょう
もうさすがに
今高らかに宣言する

私は浮上する
長い長い妄想から
今　大きく浮上する

もう私を放しなさい
もう私も放します

見てごらんなさい
あの空
あの青い青い空
あの広い広い空
あんなにも自由
私だってああなれる
あなただってああなれる
この小さく固まった結び目をほどきましょう
小さく固まった心をほどきましょう

今高らかに宣言する
私は浮上する
長い長い沈潜から
今　大きく浮上する

裏口

裏口の窓にはりついたツタは
びっしりと重なって外の光も通さない
夕陽がそこに差し込む時だけ
ダイヤモンドみたいな輝きが生まれる
その細かい点々のまわりを
緑色のフレアがふちどる

私よ
そして私たちよ
人々が
恐れるものにならないよう
人々が
安堵《あんど》するものになりましょう

建物の夕焼け

その建物は小さく　森の手前にあって静寂に包まれている
夕陽は西の空の遠くからその建物を染める
染められた建物は炎のように一瞬燃え立つ
明日もまた同じように　輝く一日が始まる

詩集《ししゅう》　風《かぜ》は君《きみ》に属《ぞく》するか

銀《ぎん》色《いろ》夏《なつ》生《を》

角川文庫　16403

平成二十二年八月二十五日　初版発行

発行者―井上伸一郎
発行所―株式会社角川書店
東京都千代田区富士見二―十三―三
電話・編集（〇三）三二三八―八五五五
〒一〇二―八〇七八
発売元―株式会社角川グループパブリッシング
東京都千代田区富士見二―十三―三
電話・営業（〇三）三二三八―八五二一
〒一〇二―八一七七
http://www.kadokawa.co.jp
印刷所―暁印刷　製本所―BBC
装幀者―杉浦康平

き 9-75　ISBN978-4-04-167379-9　C0192